alphonse allais

UNE IDÉE LUMINEUSE

MONOLOGUE

DIT

PAR

COQUELIN CADET

DE LA

COMEDIE

FRANCAISE

PARIS

PAUL OLLENDORFF

EDITEUR

RUE DE RICHELIEU 28 BIS

1888.

PRIX 1 FR.

Une Idée Lumineuse

DU MÊME AUTEUR :

La Nuit blanche d'un Hussard rouge, monologue dit
par Coquelin cadet. . . . . 1 fr.

ALPHONSE ALLAIS

Une Idée Lumineuse

MONOLOGUE COMIQUE

DIT PAR

COQUELIN CADET

De la Comédie-Française

PARIS

PAUL OLLENDORFF, EDITEUR

28 bis, Rue de Richelieu, 28 bis

1888

UNE IDÉE LUMINEUSE

Ce matin, j'ai reçu la visite d'un très drôle d'homme..., un inventeur!

Aimez-vous les inventeurs? Moi j'en raffole, alors même qu'ils n'inventent rien, ce qui est le cas de presque tous les inventeurs.

J'aime leur idée fixe, le feu qui brille en leurs prunelles, leur mise débraillée.

Comme idée fixe et comme feu de prunelles, mon bonhomme était bien dans la tradition, mais c'est surtout en matière de mise négligée qu'il dépassait tout ce que j'avais vu jusqu'alors.

Notamment un bouton de la redingote entré comme par hasard dans une boutonnière de gilet, et réciproquement.

C'était plutôt pittoresque.

. . , ...

Je me rasais devant ma glace (je me rase moi-même maintenant).

L'homme entra chez moi, tel l'ouragan.

— Bonjour, fit-il, comment va?

— Pas plus mal qu'hier, répondis-je et vous-même?

— Vous me reconnaissez?

— Moi? pas du tout.

Ah, je vais vous dire, c'est que je porte toute ma barbe maintenant... et puis d'ailleurs, vous ne m'avez jamais vu.

Sans faire observer au bonhomme qu'à la rigueur cette dernière raison suffisait, je m'informai du motif de sa visite.

Je suis inventeur, Monsieur, répondit-il fièrement.

— Hé parbleu, je l'avais bien deviné.

— Je viens à vous parce que je sais que vous êtes un garçon intelligent, instruit et ne regardant pas à l'argent quand il s'agit d'une bonne idée.

Je m'inclinai.

En effet, je suis un garçon intelligent, instruit et lorsqu'une idée me paraît pratique, ingénieuse ou simplement bizarre, je n'hésite pas à sacrifier un million ou deux pour en accomplir la réalisation.

Brusquement, l'homme reprit :

— Qu'est-ce que vous aimez mieux ... pourrir ou brûler ?

— Pardon, fis-je un peu interloqué ... pourrir ? ...

— Ou brûler ... Allons répondez.

— Mon Dieu, monsieur, l'idée de pourrir n'a rien qui me séduise beaucoup ; quant à brûler, vous avouerai-je que je ne me sens pas irrésistiblement entraîné, pour le moment ?

— Pour le moment, oui, mais quand vous serez mort ?

Oh, quand je serai mort... ?

Et j'esquissai un geste de parfait détachement.

Mon inventeur continua, dans un style quelque peu trivial :

— Oui... pourrir dans la terre, c'est rudement dégoûtant, mais être brûlé, ça n'est pas beaucoup plus chouette.

— Pourtant...

— Il n'y a pas de pourtant. Moi, j'ai inventé un procédé qui *dégote* la crémation et l'inhumation. Je remplace tout cela par... *l'inaération*! Hein, *l'inaération*!

— C'est pas bête, ça.

Ne vous fichez donc pas de moi avant de savoir.

— Je vous assure, Monsieur...

— Laissons cela... Vous êtes mort, n'est-ce pas?

— Une minute!

— C'est une supposition... Vous êtes mort, on m'apporte votre corps, je le mets dans mon four...

— Mais c'est de la crémation, cela.

— Imbécile!... Je le mets dans mon four, un four particulier de mon invention, et je le dessèche. Je le dessèche. Vous entendez bien? je le de DES-SÈ-CHE. Je ne le cuis pas, je ne le rôtis pas, je ne le brûle pas, JE-LE-DES-SÈ-CHE. C'est-à-dire que je le débarasse par évaporation de toute l'eau qu'il contient... Savez-vous à peu près la proportion de l'eau dans le corps humain?

— Je vous avoue que...

— Eh bien environ quatre-vingt pour cent, les quatre cinquièmes.

— Tant que ça?

— Oui, Monsieur, tant que ça! Ainsi le général Boulanger dont vous faites votre Dieu...

— Mais je vous ai jamais dit...

— Ne m'interrompez pas... Le général Boulanger dont vous faites un Dieu pèse quatre-vingt-deux kilogrammes; il représente environ soixante-cinq kilogrammes d'eau. Donc, pour quatre-vingt-deux cris de *Vive Boulanger* poussés, vous devez en compter soixante-cinq qui s'adressent à de l'eau pure, Voilà bien les grandeurs humaines, les voilà bien! Et Francisque Sarcey donc! Connaissez-vous Sarcey?

— Je le connais sans le connaître. Quelquefois, le matin, en passant rue de Douai, je l'aperçois qui secoue sa descente de lit par la fenêtre, mais cela ne s'appelle pas connaître un homme.

— Eh bien, c'est effrayant ce que M. Sarcey contient d'eau. Je ne peux vous préciser un chiffre, vous m'appelleriez *blagueur*. Par contre, il y a des natures qui offrent relativement peu de déchet. Sarah Bernhardt, par exemple, voilà un tempérament... Comment dirai-je ?...

— Dramatique ?

— Non, *anhydre*.

— Matérialiste !

— Etes-vous marié ?

— Pas pour le moment.

— Avez-vous une maîtresse ?

— Une maîtresse c'est beaucoup dire, mais enfin, j'ai une petite bonne amie.

— Quel poids ?

— Ma foi, je ne l'ai jamais pesée, mais je puis vous dire à peu près... Voyons... elle n'est pas bien grosse, elle doit peser dans les cinquante kilos.

— Eh bien, laissez-moi vous dire que l'objet de votre idolâtrie comporte environ quarante litres d'eau.

— Taisez-vous, vous me dégoûtez !

— Quarante litres d'eau ! vous m'entendez... *quatre-vingt chopines !*

Et l'inventeur prononçait ce mot... *Quatre-vingt chopines* sur un ton d'indicible mépris. Je ne lui ai pourtant jamais rien fait à ce bonhomme-là.

Il reprit à brûle-pourpoint :

— Mais vous êtes là à me faire perdre mon temps avec vos histoires de bonne amie... Je reviens à mon invention : Quand votre corps est entièrement desséché, je le trempe dans un liquide de ma composition à base d'acide azotique qui le transforme en matière explosible analogue au fulmi-coton. On n'a plus qu'à allumer... Pfff... fff... ttt... ! Une lueur brusque,... une grande fumée blanche qui monte au ciel, et tout est dit ! Comment trouvez-vous mon idée ?

— Lumineuse.

— Mais ce n'est pas tout. Au lieu de transformer votre corps en simple explosif, je puis en faire un feu d'artifice complet, pétards, chandelles romaines, grenades, soleils, etc., etc. Pour les familles pauvres, je me charge de transformer, au prix de trente francs, le cher défunt en chandelles romaines de toutes couleurs. Pour dix mille francs, j'établis un feu d'artifice de première classe avec bouquet allégorique.

— Superbe !

— Mieux encore... Les anciens militaires pourront léguer leur dépouille mortelle ainsi transformée, au comité d'artillerie. On en chargera les canons et les obus. Quelle joie, d'aller, dix ans après sa mort, mitrailler les ennemis de la France !... Ça ne vous tente pas ?

— Si, l'affaire est très séduisante, mais pour mon corps personnel, je préfère attendre.

L'inventeur prit son chapeau, et s'en alla, furieux.

Qu'est-ce que vous voulez, moi, je ne suis pas pressé.

MONOLOGUES

AFFAIRES (les), monologue, par Jean Mézin, dit par Coquelin cadet, de la Comédie-Française...... ` 1 .

AMATEUR (l') DE PEINTURE, monologue, par Phil. Gille, dit par Coquelin cadet, de la Comédie-Française, illustrations de Loir Luigi, in-18 .... 1 1

AMOUREUX (les), fantaisie en vers, par Ch. Clairville, dite par Coquelin ainé, de la Comédie-Française (illustrations de Cabriol), in-18 .... 1 »

APRÈS LE MARIAGE, monologue, par Paul Manivet, dit par Mlle Marsy, de la Comédie-Franç., in-8... 1 »

ASSURÉ (l'), monologue en vers, par Marcel Belloc, dit par F. Galipaux, du Pal.-Roy., in-18, 2ᵉ éd. 1 »

AU JARDIN DES PLANTES, poésie, par Paul Lheureux, dite par Galipaux, du théâtre du Palais-Royal (couverture illustrée par H. Gray)...... 1 »

AUTOUR D'UN CHPEAU, saynète, par Jules Legeux, jouée par Mlle S. Reichenberg, de la Com.-Fr., in-18 1 »

AUX ANTIPODES, monologue, provenço-comique., par Georges Feydeau, dit par Mme Judic, des Variétés, (couvert. illustrée par Lorin), 1 v. in-18, 2ᵉ éd. 1 »

BAIN (le), monologue, par Charles Samson, dit par F. Galipaux, du th. du Pal.-Roy., in-18, 2ᵉ éd. 1 1

BILLET DE MILLE (le), monologue en vers, par Georges Feydeau, dit par Saint-Germain, du Gymnase. 1 »

BIJOU PERDU (le), monol. en pr., par Louis Bridier et Edouard Philippe....................... . 1 »

BON DIEU (le), mon. en vers, par E. Grenet-Dancourt, dit par Coquelin aîné, de la Com.-Franc. 2ᵉ éd. 1 1

BOUDINÉ (le), par V. Revel, thèse en vers, soutenue par Georges Noblet, du théâtre du Gymnase (couverture illustrée par Jan Van Beers) .... 1 »

BOUTON (le), mon., par Hixe, dit par Des Roseaux 1 »

BRETELLES (les), monologue en vers, par V. Revel, dit par Coquelin cadet, de la Comédie-Française. 1 »

CÉLÈBRES (les), monologue comique, par Georges Feydeau, dit par Coquelin cadet, de la Comédie-Française, in-18....................... 1 »

C'EST LA FAUTE UA SILLERY, monol. en vers (avec illustrations de E. Klips), par A. Desmoulin, dit par Berthelier, in-18 .... 1 50

Imp. A. Warmont, Palais-Royal.

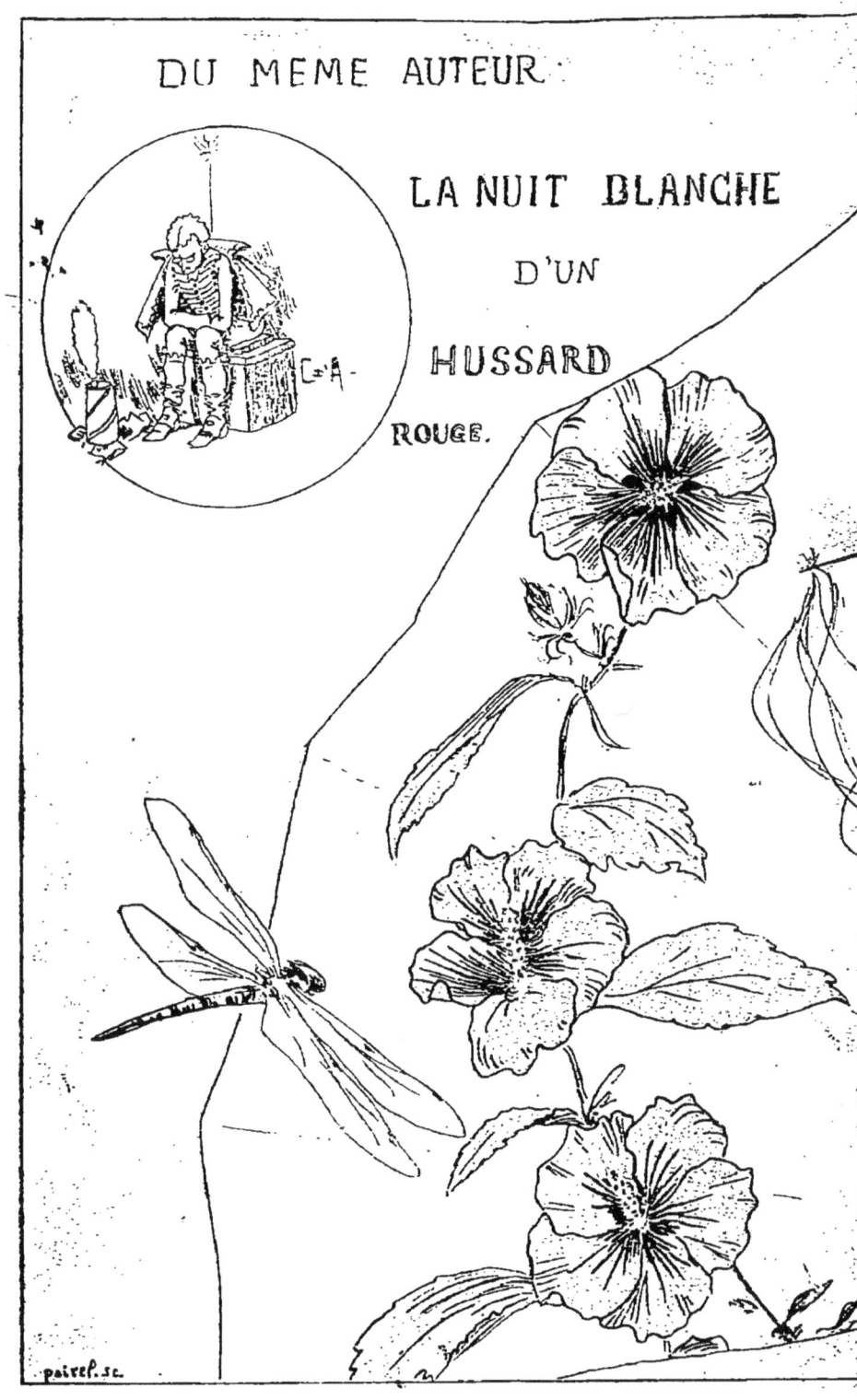

DU MEME AUTEUR

LA NUIT BLANCHE

D'UN

HUSSARD

ROUGE.